NAPOLÉON III

SAUVEUR

DE L'ITALIE

***

SCEAUX

TYPOGRAPHIE DE E. DÉPÉE

—

1866

NAPOLÉON III

SAUVEUR

DE L'ITALIE

NAPOLÉON III

SAUVEUR

DE L'ITALIE

SCEAUX

TYPOGRAPHIE DE E. DÉPÉE

—

1866

I.

Apparaissez, héros de tous les âges,

Et proclamez un nouveau rédempteur.

Rois et guerriers, philosophes et sages,

Inclinez-vous devant notre Empereur.

Si haut qu'il soit, votre front s'humilie,

Car le plus grand est qui fait plus de bien ;

Et pour Celui qui sauve l'Italie,

Dieu même élève un trône auprès du sien *.

* Cette première stance a été communiquée à l'Empereur, au moment de la reconnaissance du royaume d'Italie par la France.

II

O conquérants, qui de vous peut prétendre

A l'égaler quand il brise des fers ?

Serait-ce toi, maniaque Alexandre,

Dont la victoire en chargea l'univers ?

Ou toi, César, le plus roué des maîtres

Dans l'art de vaincre et corrompre à la fois ;

Et qui, couvert du sang de nos ancêtres,

De ton pays vins enfreindre les lois ?

III

Fils de Pépin, précurseur du Grand Homme

Qui convoita l'empire universel,

Courbe le front, car l'évêque de Rome

Obtint de toi son pouvoir temporel.

Frédéric Deux, ce géant militaire,

A vu ternir son radieux bandeau,

Puisque, oubliant les leçons de Voltaire,

Il aligna ses sujets au cordeau.

IV

Napoléon, que nul autre n'efface,

Semble jaloux de son sang aujourd'hui,

Car si sa gloire est l'honneur de sa race,

Dieu n'affranchit aucun peuple par lui.

De l'ère antique et de l'ère moderne

Voyez ce chœur de sublimes humains,

Dont le suffrage à notre chef décerne

Leurs vieux lauriers, reverdis dans ses mains.

———————

V

De leurs tombeaux Galilée et le Dante,

Colomb, Gioja, Machiavel et Volta

Ont soulevé la terre, indépendante

Grâce aux soldats vainqueurs à Magenta.

O Galilée, alors que ta parole :

E pur si move, eut marqué le progrès

Que tu voyais s'avancer de ta geôle,

De notre temps savais-tu les secrets?

VI

Prévoyais-tu que la voix immortelle
Du Gibelin, chantre du paradis,
Aurait, un jour, pour écho digne d'elle
Notre canon délivrant ton pays ?
Comme en un jour de grande découverte,
Colomb, perçant du regard l'horizon,
Semble crier : La carrière est ouverte !
Italiens, suivez Napoléon.

VII

Gioja, qui tient sa fidèle boussole,

Montre l'aiguille indiquant le chemin

Aboutissant tout droit au Capitole,

Et ne veut pas attendre au lendemain.

Et Machiavel répète le précepte,

Qu'il ne faut point, pour maîtriser le sort,

Changer de but, et qu'il serait inepte

De mettre en panne en arrivant au port.

VIII

Comme un courant de sa pile électrique,

Volta voit poindre et grandir le milieu

Où secouant un sommeil léthargique,

La Liberté se répand en tout lieu.

Ces grands esprits dont le vaste génie,

Belle Italie, est éclos dans tes flancs,

Ont inspiré, maudit soit qui le nie !

La noble ardeur du brave Élu des Francs.

IX

Sans écouter la clameur ridicule

Des histrions d'antichambre, des nains,

Il finira d'unir la Péninsule,

Du mont Brenner au sud des Apennins.

L'Europe entière, impatiente, avide

D'un libre vote affirmant tous ses droits,

Invoquera l'arbitrage et l'égide

De son Sauveur, de Napoléon Trois.

PIERRE-NAPOLÉON BONAPARTE.

Orval, 1862.

SCEAUX. — TYPOGRAPHIE DE E. DÉPÉE.